# CONTE

# FANTASTIQUE

DANS

## LE ROYAUME DES OISEAUX

### LE MANS

TYPOGRAPHIE A. LOGER, C.-J. BOULAY ET C<sup>e</sup>

15, RUE MARCHANDE, 15

—

1866

# CONTE

# FANTASTIQUE

DANS

## LE ROYAUME DES OISEAUX

LE MANS. — TYPOGRAPHIE A. LOGER, C.-J. BOULAY ET C °.

# CONTE

# FANTASTIQUE

DANS

## LE ROYAUME DES OISEAUX

LE MANS

TYPOGRAPHIE A. LOGER, C.-J. BOULAY ET C$^e$

15, RUE MARCHANDE, 15

—

1866

# CONTE

# FANTASTIQUE

DANS

## LE ROYAUME DES OISEAUX

## L'OISON, LE HIBOU ET LE MERLE

Grâce à je ne sais quelle intrigue,
Unis entr'eux par une ligue,
Trois oiseaux en certain pays
Furent nommés dans un taillis
Pour gouverner la multitude.
C'étaient un débonnaire oison,
Tout bouffi de béatitude ;

Un hibou faible de raison,
Puisant dans les écrits bibliques
L'art d'endormir les simples gens
Par des raisonnements obliques
Et de faux conseils engageants.
Pour rédiger le protocole,
Ayant besoin d'un plumitif
On prit un jeune merle actif,
Savant comme un maître d'école.
Et voilà le pouvoir formé
Pour régir le peuple emplumé.


A ce trio de haut parage,
N'eût-ce pas été grand dommage
Que de ne pas choisir *ad hoc*
De bons conseillers subalternes,
Prêts à voter les lois en bloc,
Ainsi qu'à mettre les lanternes
Sous le plus opaque boisseau.
Donc, pour supporter le fardeau,
On fit nommer à force ruses
Petits pierrots et grosses buses,
Force étourneaux, force dindons,
Maints vieux hiboux, aux yeux mystiques,

Jadis nocturnes Céladons,
Trois perroquets apoplectiques,
Plus un pivert, plus un cocou,
Et pour compléter l'assemblée
Deux maigres hérons au long cou.


Plus de discord, plus de mêlée ;
C'était vraiment plaisir à voir !
A l'officielle séance,
Vrais modèles de bienséance,
Tous ces bons amis du pouvoir,
Dormaient chacun sur son perchoir.


Mais, ô bonheur trop éphémère !
Bien souvent au nectar exquis
Succède l'absinthe amère ;
C'est un fait vrai, certain, acquis,
Même une banale maxime :
Tel qui règne avec apparat
Cotoye de près un abîme.
Ainsi fut ce triumvirat
Qui craignait d'user sa cervelle
A quelque entreprise nouvelle,

Et bornait tous ses horizons
A gouverner en équilibre,
Tout en forçant son peuple libre,
A de benoîtes oraisons.


Au fond de ces ombreux bocages
Où s'assemblait le grand conseil,
Nos trois illustres personnages
Perdirent bientôt le sommeil,
Car il advint que le suffrage
Fit entrer à l'aréopage
Un groupe d'oiseaux francs-parleurs,
Adversaires des oppresseurs,
Et renvoya rêver sous l'orme
Les vieux pierrots mis en réforme.


Or, pour conjurer le démon,
En ces temps de triste présage
Tel fut à peu près le langage
Que le hibou tint à l'oison :


« Vous êtes, mon cher, un peu bête,

« Je vous le dis en vérité,
« Pour prétendre tenir la tête
« De notre triple autorité ;
« Vous avez la chair trop molasse,
« Vous manquez d'astuce et de fiel,
« Votre air trivial et bonnasse
« N'a rien de présidentiel.
« Ainsi qu'on fait dans une mare,
« Vous pataugez dans vos discours,
« Vous n'êtes pas un oiseau rare
« Mais un oiseau des basses-cours.
« Je trouverais donc fort étrange
« Que l'on décrétât rien sans moi ;
« Car il est bien temps que tout change,
« Et qu'on chasse la bonne foi ;
« Oui, je l'avoue avec franchise,
« J'aime avant tout l'escobardise ;
« Je laisse à d'autres les amours
« Et les vices de paillardise ;
« J'aime en de sinueux détours
« A tendre mes noires embûches,
« A dérober le miel des ruches,
« A saisir au vol mon prochain
« Pour l'étouffer sous mon grappin ;
« J'ai de plus un mérite occulte :
« Si je dis blanc, c'est que c'est noir

« Car l'hypocrisie est mon culte,
« Et le mensonge mon devoir. »


— Amen, mon maître, dit l'oison. —
Alors, à l'œuvre! fit le traître,
Et récitons une oraison.
Pour bien lui faire tout connaître,
Appelons le merle siffleur,
C'est un doux oiseau beau parleur.


Le hibou dictant :


ARRÊTÉ DE POLICE.


« Dans tous les temps, au crépuscule,
« Le peuple oiseau sera branché ;
« Même au jour de la canicule
« Ne pourra plus être étanché,
« Sinon avec de l'eau limpide,
« Le bec même le plus aride ;
« Quiconque à travers champ ou pré

« Chancellera soit par ivresse

« Par mal caduc ou maladresse

« Sera bien et dûment coffré ;

« Et quiconque en place publique

« Ou dans son foyer domestique

« Ou dans n'importe quel autre lieu,

« S'occupera de politique

« Ou des commandements de Dieu,

« Ou des affaires scandaleuses

« De ces filles libidineuses

« Qui font métier de leurs appas,

« Et que chacun suit pas à pas,

« Ou bien de morale et d'histoire,

« D'un fait apocryphe ou notoire,

« Ou bien encore de tout sujet

« Qui toucherait à quelque objet

« D'une petite ou grande affaire

« Ayant pour but de nous déplaire,

« Sera saisi par nos agents,

« Sans égard aux honnêtes gens.

« Les rudes bras de la police

« Pour l'effet d'un nouveau service,

« Seront allongés s'il le faut,

« Et nous décréterons bientôt,

« Pour mieux tout réduire au silence,

« L'état de siége en permanence. »

— Ce sera bien fait, dit l'oison.
Que chacun reste en sa maison,
Lisant les Actes des Apôtres
Et récitant des patenôtres. —


Le hibou continuant :


« Passons donc, mon très-cher collègue,
« Au plan d'administration ;
« Et tout d'abord, quoiqu'on allègue,
« Je ne veux point d'instruction ;
« Science mène à l'athéisme.
« Moi je suis pour l'obscurantisme ;
« Car pour instruire le cerveau
« On perdrait l'âme de l'oiseau ;
« Haine et mort au libéralisme !
« Partant point de secours mutuels ;
« Telle n'est point la bienfaisance
« Que nous enseignent nos rituels ;
« Pour amander la conscience
« C'est un remède merveilleux,
« Que la faim qui parle aux entrailles,
« Et qui serre entre ses tenailles
« Le ventre vide de nos gueux. »

« Puisque j'en suis à cette espèce,
« Que nous nourrissons de nos mains,
« Il serait dur que la noblesse
« Ayant titres et parchemins
« N'eût pas un dernier privilége,
« Le privilége des tombeaux.
« Ne serait-il pas sacrilége
« De voir dans le champ du repos
« Les plus humbles tombes mêlées
« Aux plus splendides mausolées?


« Je supprime tous les travaux
« Qui sont d'utilité publique ;
« Point d'ateliers nationaux,
« Cela sent trop la république.
« Mais je veux des impôts nouveaux
« Sur les patentes du commerce,
« Car depuis longtemps je m'exerce
« A rabaisser tous ces marchands
« Qui par vols et par artifices
« Réalisent des bénéfices
« Pour acheter maisons et champs.


« Je supprime aussi les lumières.

« On peut vivre sans réverbères,
« Surtout aux heures de sommeil ;
« Moi je me plais dans les ténèbres
« Et voudrais sous des plis funèbres
« Pouvoir éteindre le soleil.
« Le grand jour refroidit mes veines ;
« Dans l'ombre je suis plus hardi
« Et je ferais bien six neuvaines
« Pour qu'il fît nuit en plein midi.


« Ma règle est la parcimonie ;
« Ce sont mes goûts, c'est ma manie ;
« Donc, point de profane projet.
« Mais Dieu voulant des sacrifices
« J'entends qu'on garde le budget
« Pour bâtir de saints édifices. »


— Oui, tout pour la sainte maison,
S'exclama le béat oison. —


Et le merle, par déférence
Envers la dévote puissance

Qui pérorait si savamment,
Écrivait tout aveuglément.


« Devons-nous, poursuivis le *pout* (1),
« Favoriser l'agriculture
« Ou laisser faire la nature,
« Mère si prévoyante en tout ?
« La terre est notre Providence
« Et distribue avec prudence
« Ses fleurs, ses fruits et ses moissons.
« C'est un mal que trop d'abondance,
« Et la nature a ses raisons
« Pour pousser aussi des chardons.
« Je crois donc que tous ces progrès
« Ne sont rien que des maléfices
« Pour faire fleurir tous les vices.
« La fécondité des guérets
« Est mère de l'ivrognerie
« Et de folle chansonnerie.
« Enfin, je vous le dis tous bas,
« La morale suit ici-bas
« Le cours changeant de la farine,
« Et mieux vaut un peu de famine.


(1) *Pout* est le synonyme vulgaire de hibou.

« Jurons guerre au progrès, jurons
« Par le saint toupet de nos fronts
« Et par notre triple alliance. »


— Je le jure par Escobar,
Dit aussitôt l'oison blafard,
Et j'engage ma conscience.

# ÉPILOGUE

Certain temps, les trois potentats,
Traversant des phases diverses,
Tantôt bonnes, tantôt adverses,
Administrèrent leurs États.


Mais las enfin de tant d'audace
De duperie et de grimace,
Et de mille vexations
Qui tombaient dru comme la grêle
Sur le peuple timide et frêle,
Enchaîné dans ses actions
Et pour un seul mot mis en cage,
Quelques oiseaux de ce bocage,
Vautours, corbeaux et geais rageurs,
Assistés d'aigles voyageurs
Venus là comme à la curée
Armèrent toute la contrée,
Et courant sus à ces tyrans
Déjà transis et mal à l'aise,
Entonnèrent la *Marseillaise*
Avec des accents délirants.

Il fallut quitter le pinacle
Et se sauver de leur cénacle
Comme lapins ivres de peur
Qui craignent le plomb du chasseur.


Ainsi qu'on doit faire en tout conte
Qui cache une réalité,
Voulez-vous que je vous raconte,
A titre de moralité,
Quel fut le sort des personnages
Que je viens de peindre en ces pages.


Eh bien ! l'humble merle aux abois
Ayant vers lui bonne pitance,
Alla siffler en d'autres bois.
Ce fut toute sa pénitence
Comme étant le moins faux des trois.


Après avoir fait la risée
Des hôtes d'une basse-cour,
L'oison, quand vint son dernier jour,
Fut envoyé dans un musée
Pour que ce rare spécimen,

Qui manquait encore à la liste,
Put être offert à l'examen
D'un grand savant naturaliste
Qui dût trouver dans son cerveau
Quelque phénomène nouveau.


Quant au hibou, voûté de taille,
Exclus de la société,
Dormant le jour dans la muraille
De tours croulant de vétusté,
Et s'envolant dans la nuit sombre,
Escorté de remords sans nombre
Jusqu'au fond de quelque forêt,
Ainsi que font les contumaces
Pour échapper à leur arrêt,
Vivant de vers et de limaces
Et jetant ses cris aux échos,
Il erra par monts et par vaux.


Du cilice il ceignit ses côtes
Dans le but d'expier ses fautes,
Et finit, plein de repentir.
Mort au sommet creux d'une émousse
Il fut trouvé sur de la mousse

Dans l'attitude d'un martyr.
Etait-ce une frime posthume?
Toujours est-il que sous sa plume,
Il avait les pattes en croix.
N'en doutez pas, car moi je crois,
Et ce qui double ma croyance
En sa finale pénitence,
C'est qu'encor son squelette sec
Tenait un rosaire en son bec.


Ce conte, certe, est véridique
Quoique vieux de trente-six ans ;
Si je rends la chose publique,
C'est que l'on vit en d'autres temps.

UN MOINEAU FRANC.

Le Mans. — Typographie A. Loger, C.-J. Boulay et Ce